잠들지 못하는 밤에게

잠들지 못하는 밤에게

저자 | 장기표

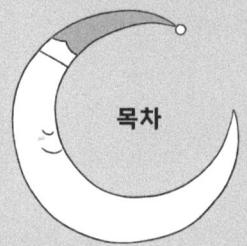

목차

프롤로그

잠들지 못하는 사람 곁에서

새벽 두 시, 집 안은 조용한데 침실만 깨어 있다. 아내는 몇 번째로 이불을 고쳐 덮고, 휴대전화를 집어 들었다가 다시 내려놓는다. 잠을 청하려는 몸짓이 오히려 각성을 키우는 것처럼 보였다. 숨소리는 일정하지만, 눈은 아직 밤으로 들어가지 못한 상태다.

나는 한동안 그 모습을 지켜보며 아무 말도 하지 못했다. "좀 자려고 노력해 봐." "오늘도 늦게까지 생각했어?" 무심코 던진 이런 말들이 도움이 되지 않는다는 걸, 시간이 지나면서 알게 되었다. 잠은 의지로 끌어오는 것이 아니었다. 애쓰는 순간 멀어지고, 조급해질수록 더 도망쳤다.

불면증은 밖에서 보면 단순해 보인다. 침대에 누웠는데 잠이 안 오는 것. 피곤해 보이는 얼굴. 다음 날 흐트러진 리듬.

그러나 가까이에서 보면 전혀 다르다. 밤은 그 사람에게 휴식의 시간이 아니라 시험대가 된다. "오늘도 못 자면 어떡하지?"라는 생각이 시작되는 순간, 심장은 조금 빨라지고 몸은 미세하게 긴장한다. 조용해야 할 뇌는 오히려 하루보다 더 분주해진다. 시간이 흐를수록 침대는 회복의 장소가 아니라, 깨어 있음이 반복되던 공간으로 기억된다.

나는 그때 처음 깨달았다. 이 문제는 단순한 생활 습관이 아니라는 것을. 그리고 쉽게 조언할 수 있는 영역이 아니라는 것을.

그날 이후 나는 불면증에 관한 연구 논문과 임상 지침을 읽기 시작했다. 수면이 어떻게 조절되는지, 왜 어떤 사람은 쉽게 잠들고 어떤 사람은 밤마다 각성의 굴레에 빠지는지, 약물 치료는 어떤 위치에 놓여 있는지, 그리고 병원에서는 무엇을 기준으로 치료 전략을 세우는지를 하나씩 따라가 보았다.

놀라웠던 점은 이것이었다. 많은 불면증 환자들이 "내가 약해서 그렇다"거나 "의지가 부족해서 그렇다"고 스스로를 평가하지만, 과학은 전혀 다른 이야기를 하고 있었다. 수면은 의식적으로 조종할 수 있는 스위치가 아니라, 신경<호르몬>행동 조건화가 함께 만들어내는 복잡한 생물학적 과정이었다. 불면증은 그 과정의 어느 한 지점이 고장 났을 때 나타나는 결과였다.

이 책은 의사가 쓴 임상 매뉴얼이 아니다. 나는 의료인이 아니다. 다만 잠들지 못하는 사람 곁에서 그 문제를 이해하고 싶었던 한 가족으로서, 현재까지 밝혀진 수면과학과 임상 연구를 가능한 한 정확하고 평이한 언어로 정리하려 했다.

이 책의 목적은 분명하다.

첫째, 불면증이 어떤 상태인지 과학적으로 설명하는 것. 둘째, 밤마다 뇌와 몸에서 실제로 무슨 일이 벌어지는지를 보여주는 것. 셋째, 병원에서 이루어지는 치료가 무엇을 목표로 하는지, 왜 그런 접근이 선택되는지를 독자가 이해할 수 있도록 돕는 것이다.

여기에는 즉각적인 처방도, 만병통치식 해결책도 없다. 대신 연구 결과와 임상 지침을 토대로, 불면증을 둘러싼 오해를 하나씩 걷어내고자 한다. "자려고 애쓰지 말라"는 말이 왜 나오는지, 낮의 습관이 밤에 어떤 영향을 미치는지, 생각이 멈추지 않는 이유는 무엇인지, 그리고 언제 전문가의 도움이 필요한지를 차분히 따라갈 것이다.

무엇보다 이 책은, 잠들지 못하는 사람을 곁에서 바라보는 이들을 위한 기록이기도 하다. 무력감, 조심스러운 위로, 섣부른 조언이 남기는 상처, 그리고 조금 더 도움이 되는 말과 태도가 무엇인지까지 함께 다루고자 한다.

만약 지금 이 책을 들고 있는 당신이 밤마다 시계를 바라보며 뒤척이고 있다면, 혹은 사랑하는 사람이 잠과 싸우는 모습을 지켜보고 있다면, 이 책이 적어도 한 가지는 분명히 해주기를 바란다.

불면증은 개인의 결함이 아니다. 그리고 이해할 수 없는 미지의 영역도 아니다.

우리는 잠을 강제로 만들 수는 없지만, 잠이 다시 찾아올 수 있는 조건을 과학적으로 회복시킬 수는 있다.

이 책은 그 과정을 함께 살펴보기 위한 기록이다.

1장

불면증은 무엇인가

많은 사람들이 불면증을 이렇게 설명한다.

"피곤한데 잠이 안 온다."
"새벽에 자꾸 깬다."
"잠을 잤는데 잔 것 같지 않다."

이 표현들은 모두 맞다. 그러나 의학적으로 말하는 불면증은 단순히 하룻밤 잠을 설친 상태를 뜻하지 않는다. 불면증은 충분한 수면 기회가 있음에도 불구하고 잠들기 어렵거나, 잠을 유지하기 어렵거나, 너무 이르게 깨어나며, 그 결과 낮 동안 기능 장애를 겪는 상태를 말한다.

여기서 중요한 단어는 두 가지다.

밤새 스마트폰을 하다 새벽 네 시에 잠든 사람은 의학적으로 불면증이라기보다 수면 부족 상태에 가깝다. 불면증은 자려고 노력했음에도 잠이 오지 않는 경우를 가리킨다.

졸림, 집중력 저하, 기억력 문제, 짜증, 우울감, 두통, 업무 수행 저하 등—밤의 문제가 낮까지 이어질 때 우리는 불면증을 의학적 상태로 고려한다.

이 두 조건이 함께 있을 때, 비로소 불면증이라는 말이 사용된다.

하룻밤의 실패는 불면증이 아니다

누구나 잠을 못 자는 밤을 경험한다. 중요한 발표 전날, 가족 문제로 마음이 복잡할 때, 시차 적응이 안 될 때—이런 상황에서 잠이 깨는 것은 정상적인 스트레스 반응이다.

이런 일시적 수면 장애는 보통 며칠 안에 회복된다. 스트레스가 사라지고 생활 리듬이 돌아오면 자연스럽게 잠도 다시 찾아온다. 불면증이 문제 되는 순간은, 잠이 안 오는 경험 자체가 새로운 스트레스가 될 때다.

"오늘도 못 자면 어떡하지?"
"내일 또 망치면 어쩌지?"

이런 생각이 밤마다 반복되면, 침대는 휴식의 공간이 아니라 각성의 신호가 된다. 몸은 잠을 잘 준비를 해야 하는데, 오히려 경계 태세에 들어간다. 이것이 급성 불면증이 만성 불면증으로 굳어지는 가장 흔한 경로다.

불면증의 세 가지 얼굴

불면증은 하나의 형태만 있는 것이 아니다. 임상적으로는 다음과 같은 양상으로 나뉜다.

1) 잠들기 어려운 경우
침대에 누운 뒤 30분, 1시간, 혹은 그 이상이 지나도 잠이 들지 않는다. 머릿속에서는 하루의 장면이 반복 재생되고, 사소한 말 한마디가 떠오르며, 미래의 걱정이 꼬리를 문다.

2) 자주 깨는 경우

잠들기는 하지만 한밤중에 여러 번 깨어 다시 잠들기 어렵다. 깨어 있는 시간이 길어질수록 불안이 커지고, 시계를 확인하는 횟수도 늘어난다.

3) 너무 일찍 깨어나는 경우

새벽 네 시나 다섯 시쯤 눈이 떠지고, 더 이상 잠들지 못한다. 이 유형은 우울 증상과 겹치는 경우가 많다.

많은 사람들은 이 세 가지가 섞여 나타난다. 어떤 날은 잠들기 어렵고, 어떤 날은 새벽에 깬다. 불면증은 고정된 하나의 모습이 아니라, 개인의 생물학과 환경, 심리 상태에 따라 형태가 바뀌는 상태다.

'못 잤다'는 감각은 항상 정확할까

흥미로운 사실 하나가 있다. 불면증을 겪는 사람 중 일부는 실제로는 일정 시간 잠을 잤음에도, 전혀 자지 못했다고 느낀다.

이 현상은 종종 수면 상태 인식 오류라고 불린다. 밤에 자주 깨고, 얕은 잠이 많으면 뇌는 수면을 단절된 깨어 있음으로 기억하는 경향이 있다. 그 결과 실제 수면 시간보다 훨씬 짧게 느껴진다.

이것은 거짓말도, 과장도 아니다. 뇌가 그렇게 경험하는 것이다.

그래서 불면증을 평가할 때는 단순히 "몇 시간 잤나요?"라는 질문만으로는 부족하다. 잠들기까지 걸린 시간, 깨어 있었던 횟수, 아침의 컨디션, 낮 동안의 기능까지 함께 살펴본다.

급성에서 만성으로

불면증은 지속 기간에 따라 구분된다.

> 단기간 불면증 – 수일에서 수주
>
> 만성 불면증 – 일반적으로 3개월 이상, 주 3회 이상 반복

만성 불면증은 처음 유발한 사건—스트레스, 질병, 환경 변화—보다도, 그 이후 형성된 생각 습관과 행동 패턴이 더 중요한 역할을 하게 된다.

> 침대에서 오래 버티기.
>
> 낮잠이 늘어나는 것.
>
> 잠을 보충하려 늦잠을 자는 것.
>
> 수면을 지나치게 통제하려 애쓰는 태도.

이 모든 것들이, 의도와는 반대로 불면증을 유지시키는 요인이 된다.

불면증은 성격 문제가 아니다

많은 사람들이 스스로를 탓한다.

"나는 원래 예민해서 그래."
"마음이 약해서 그런 거겠지."
"스트레스를 잘 못 견뎌서…"

그러나 연구들은 불면증이 특정 성격 하나로 설명되지 않는다는 점을 반복해서 보여준다. 물론 불안 성향, 완벽주의, 반추 사고는 위험 요인이 될 수 있다. 하지만 이것은 원인이라기보다 취약성에 가깝다.

결정적인 것은 뇌의 각성 시스템, 스트레스 반응, 학습된 조건화, 생활 리듬이 서로 얽히며 만들어내는 복합적 과정이다.

불면증은 도덕적 실패가 아니다.
게으름도 아니다.
의지가 부족해서 생기는 현상도 아니다.

그것은 조절 시스템이 어긋난 상태다. 이 장의 핵심은 이것이다. 불면증은 단순한 수면 부족이 아니라, 밤과 낮의 생리와 행동이 함께 흔들린 결과다. 그리고 이것은 이해할 수 있는 영역이며, 과학적으로 접근할 수 있는 대상이다. 다음 장에서는, 이 질문으로 들어갈 것이다.

왜 우리는 침대에만 누우면 더 깨어질까? 뇌는 밤이 되면 무엇을 하고 있으며, 어떤 신호들이 수면을 방해하는가.

2장에서 계속 ⋯

2장

왜 침대에만 누우면
더 깨어질까

많은 사람들이 묻는다.

"하루 종일 피곤했는데, 왜 눕기만 하면 정신이 또렷해질까?"
"눈은 감았는데 뇌가 멈추지 않는다."
"졸린데도 심장이 괜히 빨라진다."

이 현상은 단순한 기분 문제가 아니다. 불면증에서 가장 핵심적인 특징 중 하나는, 잠을 자야 할 시간에 뇌와 몸이 오히려 각성 상태로 들어간다는 점이다.

수면은 꺼야 할 스위치처럼 작동하지 않는다. 그보다는 여러 조절 시스템이 동시에 방향을 맞춰야 나타나는 상태에 가깝다. 졸림을 밀어 올리는 힘과, 깨어 있으려는 힘 사이의 균형이 밤이 되면서 천천히 기울 때 우리는 자연스럽게 잠에 빠져든다.

불면증에서는 이 균형이 흐트러진다. 뇌에는 '잠 회로'와 '각성 회로'가 동시에 있다. 우리의 뇌는 언제나 두 방향의 신호를 주고받고 있다. 하나는 깨어 있으라는 신호다. 주의를 유지하고, 위험을 감지하고, 생각을 이어가게 만든다.

다른 하나는 잠으로 이동하라는 신호다. 근육의 긴장을 낮추고, 체온을 떨어뜨리고, 의식을 서서히 흐리게 만든다.

낮 동안에는 각성 신호가 우세하다. 밤이 되면, 빛이 줄고 활동이 멈추면서 잠 신호가 점점 힘을 얻는다.

불면증에서는 이 과정이 매끄럽게 넘어가지 않는다. 각성 시스템이 필요 이상으로 오래 켜져 있고, 잠 신호는 충분히 힘을 발휘하지 못한다. 그래서 침대에 누워도 몸은 쉬는 자세인데, 뇌는 여전히 낮의 연장선처럼 움직인다.

이 상태를 연구자들은 종종 과각성이라고 부른다.

스트레스는 밤에 더 크게 들린다

불면증이 시작되는 계기는 흔히 스트레스다.

업무 압박, 가족 문제, 건강 걱정, 경제적 불안.

이런 사건이 있으면 몸은 자동으로 대비 태세에 들어간다. 심박수는 빨라지고, 근육은 긴장하며, 생각은 위협 요소를 탐색한다.

이 반응은 원래 생존을 위한 것이다. 위험한 상황에서 빨리 깨어나야 했던 진화적 흔적이다.

문제는 이 시스템이 밤에도 꺼지지 않을 때다.

낮에는 일과 자극이 주의를 분산시켜 준다. 하지만 불을 끄고 누우면, 뇌는 하루 동안 미뤄 두었던 걱정들을 하나씩 꺼내 놓는다. 조용한 환경은 오히려 내부 신호를 증폭시킨다.

그래서 침대는 생각하기에 가장 좋은 장소가 된다. 그리고 동시에, 잠들기에는 가장 어려운 장소가 된다.

침대가 '각성의 장소'로 바뀔 때

처음에는 우연이다.

며칠 잠을 설쳤고, 침대에서 오래 뒤척였다.

시계를 몇 번 봤고, 휴대전화를 집어 들었다.

답답한 마음에 다시 잠을 재촉했다.

이런 밤이 반복되면, 뇌는 학습한다.

침대 = 잠 이라는
연결 대신,

침대 = 깨어 있음, 걱정, 계산, 실패
라는 새로운 연합이 만들어진다.

이것을 심리학에서는 조건화라고 부른다.

그 결과 침대에 눕는 순간, 아직 졸리지 않아도 몸은 자동으로 긴장 모드로 들어간다. "오늘은 어떨까"라는 생각만으로도 심박이 올라가고, 주의는 내부로 몰린다. 이때부터 불면증은 단순한 밤의 문제가 아니라, 배운 상태가 된다.

시계를 보는 순간, 잠은 더 멀어진다

불면증이 있는 사람들은 시간에 민감해진다.

01:12

02:03

03:40

숫자를 확인하는 순간, 계산이 시작된다.

"이제 네 시간밖에 못 잔다."
"내일 망쳤다."

이런 생각은 각성 시스템에 연료를 공급한다. 불안은 심박을 올리고, 호흡을 얕게 만들며, 근육 긴장을 유지시킨다. 잠으로 가는 방향과 정반 대다. 그래서 임상 현장에서는 종종 이런 조언이 나온다.

> 침대에서 시계를 보지 말 것.
> 남은 수면 시간을 계산하지 말 것.

이것은 단순한 심리 요법이 아니라, 생리 반응을 줄이기 위한 전략이다.

낮의 행동이 밤의 뇌를 만든다

밤에 각성된 뇌는 낮과 분리되어 있지 않다.

> 늦은 오후의 카페인.
> 저녁의 격한 운동.
> 침대에서 스마트폰으로 뉴스를 훑는 습관.
> 주말마다 크게 늦춰지는 기상 시간.

이 모든 것들은 각성 시스템을 뒤로 밀어 놓는다. 몸은 아직 낮이라고 착각하고, 잠 신호는 제시간에 힘을 얻지 못한다.

불면증에서는 특히 보상 행동이 문제를 키운다.

> 전날 못 잤으니 늦잠을 잔다.
>
> 낮잠을 길게 잔다.
>
> 카페인으로 버틴다.

이 행동들은 즉각적인 relief를 주지만, 그날 밤 졸림을 약화시키며 다시 불면의 토대를 만든다.

잠을 통제하려 할수록 잠은 멀어진다.
불면증의 역설은 이것이다.
잠을 의식할수록, 잠은 더 어려워진다.

"오늘은 꼭 자야 해."
"이번엔 바로 들어야 한다."

이 문장은 선의에서 나온다. 그러나 뇌에게는 목표 신호가 아니라, 시험 신호로 전달된다. 실패할 수 있는 과제가 생긴 셈이다. 그 순간 주의는 수면으로 과도하게 집중되고, 몸의 감각을 감시하기 시작한다.

"졸린가?"

"심장이 왜 이렇지?"

"숨이 편하지 않다."

감시는 각성을 강화한다. 그리고 각성은 잠을 방해한다. 이 악순환이 반복될수록, 침대는 평가의 무대가 된다.

이 장의 요점

침대에 누우면 더 깨어지는 이유는 하나가 아니다.

- 각성 시스템이 밤까지 꺼지지 않고
- 스트레스 반응이 잔존하며
- 침대가 각성의 신호로 학습되고
- 시간 계산과 걱정이 불안을 키우고
- 낮의 행동이 밤의 생리를 밀어내기 때문이다.

불면증은 단순히 잠이 없는 상태가 아니다. 깨어 있음이 밤에 과도하게 활성화된 상태다. 다음 장에서는 이 질문으로 더 깊이 들어간다. 밤의 뇌는 실제로 어떤 신호를 주고받고 있는가? 각성 시스템과 생체시계는 어떻게 상호작용하는가.

3장에서 계속 …

3장

밤의 뇌는 무엇을 하고 있는가

잠들지 못하는 밤을 겪는 사람들은 흔히 이렇게 말한다.

"몸은 누워 있는데, 머리는 계속 돌아간다."
"피곤한데도 정신이 또렷하다."
"눈을 감으면 오히려 더 각성되는 느낌이다."

이 말들은 단순한 비유가 아니다. 불면증에서는 실제로 밤의 뇌가 낮과 다른 방식으로 움직이지 않는다. 정상적인 수면에 들어가기 직전의 뇌는 점점 활동을 줄이고, 외부 자극에 대한 민감도를 낮추며, 내부 리듬에 몸을 맡긴다. 그러나 불면증에서는 이런 전환이 충분히 일어나지 않는다.

그 결과, 침실의 어둠 속에서도 뇌는 여전히 경계 모드에 머문다.

수면은 하나의 스위치가 아니다

우리는 흔히 잠을 "켜고 끄는"상태로 상상한다. 눈을 감으면 꺼지고, 알람이 울리면 켜지는 것처럼 느껴진다.

하지만 실제 수면은 점진적인 이동이다.

뇌에서는 깨어 있음과 관련된 신경망이 서서히 활동을 줄이고, 수면을 촉진하는 회로가 조금씩 힘을 얻는다. 동시에 체온은 떨어지고, 심박수와 호흡은 느려지며, 근육 긴장은 풀린다.

이 여러 변화가 함께 일어날 때 비로소 잠이 시작된다.

불면증에서는 이 이동이 지연된다. 각성 관련 신호는 쉽게 꺼지지 않고, 몸은 밤임을 인식하면서도 완전히 내려놓지 못한다.

밤에 더 활발해지는 각성 네트워크

각성 상태를 유지하는 데 관여하는 신경망은 여러 곳에 분산되어 있다. 주의를 조절하는 영역, 감정을 증폭시키는 회로, 위협을 탐지하는 시스템이 서로 연결되어 있다.

이 네트워크는 낮에는 유용하다. 집중해야 할 일을 하게 만들고, 위험을 빠르게 알아차리게 하며, 문제 해결을 가능하게 한다.

그러나 밤에 이 시스템이 과도하게 활성화되어 있으면, 졸림 신호는 상대적으로 힘을 잃는다.

연구자들은 불면증에서 이런 현상을 종종 지속적인 각성 상태로 묘사한다. 심박수, 대사율, 스트레스 호르몬의 분비 패턴이 밤에도 충분히 낮아지지 않는 경향이 보고된다.

즉, 겉으로는 쉬고 있지만, 내부에서는 아직 낮이 끝나지 않은 셈이다.

생체시계는 밤을 어떻게 만드나

수면은 단지 피곤해서 오는 것이 아니다. 우리 몸에는 하루의 리듬을 조율하는 내부 시계가 있다.

이 시계는 빛, 활동, 식사 시간 같은 신호를 통해 매일 조정된다. 저녁이 되면 졸림이 늘고, 체온이 내려가며, 뇌는 휴식 모드로 들어갈 준비를 한다.

불면증에서는 이 리듬이 어긋나 있는 경우가 많다.

늦은 밤까지 밝은 조명 아래에 있거나, 취침 시간이 들쭉날쭉하거나, 주말마다 생활 리듬이 크게 바뀌면, 몸은 밤이 언제인지 헷갈리기 시작한다.

그 결과 졸림 신호가 충분히 쌓이지 않은 상태에서 침대에 눕게 된다. 몸은 아직 활동을 계속할 준비가 되어 있는데, 의식만 먼저 멈추려는 셈이다.

걱정과 반추는 뇌를 다시 깨운다

밤에 떠오르는 생각들은 대개 낮보다 더 극단적으로 느껴진다.

작은 실수 하나가 계속 반복 재생되고, 아직 오지 않은 미래의 문제들이 연속해서 떠오른다. 이 과정은 단순한 사고 활동이 아니라, 감정 회로까지 함께 자극한다.

걱정은 심박수를 올리고, 호흡을 바꾸고, 근육을 긴장시킨다. 뇌는 위협이 있다고 해석하고 각성 네트워크를 강화한다.

불면증에서는 이 반응이 특히 쉽게 일어난다. 이미 침대가 각성의 장소로 학습되어 있기 때문에, 사소한 생각 하나가 연쇄적으로 반응을 키운다.

이렇게 사고-감정-생리 반응이 서로 증폭시키는 고리가 만들어진다.

왜 얕은 잠이 늘어날까

불면증을 겪는 사람들의 수면은 종종 단절되어 있다. 자주 깨고, 꿈이 많았던 것 같고, 깊이 쉰 느낌이 들지 않는다.

이것은 단순한 느낌만은 아니다.

각성 시스템이 충분히 가라앉지 않으면, 깊은 수면 단계로 들어가는 비율이 줄어들 수 있다. 뇌는 완전히 휴식 상태로 내려가지 못하고, 언제든 깨어날 준비가 된 채로 머문다.

그 결과 밤새 작은 소리나 내부 감각에도 쉽게 각성된다. 아침이 되면 오래 누워 있었음에도 피로가 남는다.

이 장의 요점

밤의 뇌는 가만히 쉬고 있지 않다.

- 각성 네트워크가 충분히 꺼지지 않고
- 생체 리듬이 흔들리며
- 걱정과 반추가 감정 회로를 자극하고
- 깊은 수면으로 내려가는 과정이 방해받는다.

불면증은 단순히 잠이 없는 것이 아니라, 밤에도 깨어 있도록 조율된 뇌 상태다. 다음 장에서는 여기서 한 단계 더 나아간다. 수면을 조절하는 두 축—졸림을 쌓는 힘과 시계를 맞추는 힘은 어떻게 작동하는가? 그리고 이 균형이 깨질 때 어떤 일이 벌어지는지를 살펴볼 것이다.

4장에서 계속 …

4장

수면을 조절하는 두 축

수면을 설명할 때 연구자들이 자주 사용하는 비유가 있다.

하나는 압력이고,
다른 하나는 시계다.

우리는 하루 동안 깨어 있으면서 점점 더 졸려진다. 이 졸림은 축적된다. 마치 내부에 잠의 압력이 차오르는 것처럼.

동시에 우리 몸에는 "지금은 낮이다", "이제 밤이다"를 알려주는 내부 시계가 작동한다. 이 시계는 졸림이 언제 강해지고 언제 약해질지를 조율한다.

이 두 시스템이 서로 맞물릴 때, 우리는 자연스럽게 잠에 빠져든다. 불면증은 종종 이 균형이 깨진 상태다.

깨어 있을수록 쌓이는 힘

아침에 일어나 하루를 보내면, 밤이 될수록 눈꺼풀이 무거워진다. 집중력은 떨어지고, 몸은 휴식을 요구한다.

이 현상은 단순한 피로가 아니다. 뇌 안에서는 깨어 있는 동안 특정 화학 신호들이 축적된다. 이 신호들은 신경 세포의 활동 방식을 바꾸며, 점점 수면 쪽으로 기울게 만든다.

이 과정을 수면 항상성이라고 부른다.

오래 깨어 있을수록 이 힘은 커진다. 밤을 새우면 다음 날 유난히 깊게 자는 이유도 여기에 있다.

불면증에서는 이 압력이 충분히 작동하지 않는 경우가 많다. 낮잠이 길어지거나, 늦잠으로 수면 빚을 갚아 버리면 밤에 쌓여야 할 졸림이 줄어든다.

그 결과, 몸은 누워 있지만 잠으로 끌려가는 힘이 약해진다.

내부 시계는 어디에서 시간을 재는가

우리 몸의 시간표를 조정하는 핵심 구조는 뇌 깊숙한 곳에 있다.

이 작은 신경 집단은 빛 신호에 특히 민감하다. 아침 햇빛을 보면 "하루가 시작됐다"는 신호를 내보내고, 저녁이 되면 활동을 낮추도록 몸 전체에 메시지를 보낸다.

이 시계는 단순히 수면만 조정하지 않는다.

체온의 일일 변동, 호르몬 분비, 집중력, 식욕까지 함께 리듬을 만든다. 밤이 되면 체온이 내려가고, 각성 신호는 줄며, 몸은 휴식 모드로 이동한다.

불면증에서는 이 리듬이 늦춰져 있거나 불규칙해진 경우가 많다. 취침 시간이 들쭉날쭉하고, 밤에 강한 빛에 노출되며, 아침에 늦게 일어나면 시계는 쉽게 흐트러진다.

그러면 졸림이 와야 할 시간에 충분히 오지 않는다.

두 힘이 만나야 잠이 시작된다

졸림이 충분히 쌓였고,

시계도 밤을 가리키고 있을 때.

이 두 조건이 맞아떨어지는 순간, 잠은 자연스럽게 시작된다. 불면증에서는 종종 이런 일이 벌어진다. 졸림의 압력은 낮잠 때문에 줄어 있고, 시계는 늦은 빛 노출로 뒤로 밀려 있다.

이 상태에서 침대에 누우면, 몸은 아직 낮의 연장선에 있다. 자려고 애써도 뇌는 준비가 되지 않은 셈이다.

이 불일치는 좌절을 낳는다.

"왜 이렇게 졸리지 않을까?"
"다들 자는 시간인데…"

그 생각이 다시 각성을 키우며, 악순환이 만들어진다.

주말이 더 위험한 이유

불면증이 있는 사람들에게 주말은 함정이 되기 쉽다. 평일에 못 잔 잠을 보충하려 늦잠을 잔다. 낮잠도 길어진다. 이 행동은 즉각적인 위안을 준다. 그러나 내부적으로는 두 축을 동시에 흔든다.

늦잠은 시계를 뒤로 미룬다.
낮잠은 졸림의 압력을 줄인다.

그 결과 일요일 밤이 되면 잠은 더 멀어진다. 그리고 월요일을 앞두고 다시 불안이 커진다. 이 패턴이 반복되면 불면증은 더 단단해진다.

왜 밤에만 더 또렷할까

낮에는 졸리지 않다가, 밤이 되면 오히려 각성되는 느낌을 받는 사람들도 있다.

이는 모순처럼 보이지만, 내부 시계가 늦춰져 있을 때 자주 나타난다. 몸은 아직 저녁이라고 인식하는데, 사회적 일정에 맞춰 일찍 침대에 눕는 경우다.

이때 각성 시스템은 여전히 활동 중이다. 뇌는 아직 하루를 끝낼 준비가 되지 않았다. 그래서 누우면 생각이 많아지고, 작은 소리에도 민감해진다.

수면은 하나의 기능이 아니라, 두 힘의 균형이다.

- 깨어 있을수록 쌓이는 졸림의 압력
- 하루의 시간을 맞추는 내부 시계

이 두 축이 어긋나면, 침대에 누워도 잠이 쉽게 시작되지 않는다.

불면증은 종종 이 조절 시스템의 타이밍 문제에서 출발한다. 다음 장에서는 여기서 한 걸음 더 나아간다. 왜 어떤 사람들은 특히 스트레스에 취약한가? 그리고 불면증이 반복될수록 뇌는 어떻게 더 쉽게 각성하도록 학습하는지를 살펴볼 것이다.

5장에서 계속 …

5장

왜 어떤 사람들은
더 쉽게 잠을 잃는가

같은 스트레스를 겪어도 반응은 다르다.

어떤 사람은 며칠 잠을 설쳐도 다시 회복된다. 반면 어떤 사람은 그 경험이 시작점이 되어, 몇 달 혹은 몇 년 동안 불면증과 싸우게 된다.

이 차이는 어디서 오는 걸까.
불면증 연구에서는 이 질문을 이렇게 정리한다.

취약성은 다르다.

그리고 뇌는 경험을 기억한다.

스트레스에 민감한 신경계

사람마다 스트레스 반응의 강도는 다르다.

같은 사건을 겪어도 어떤 사람은 심장이 크게 뛰고, 생각이 빠르게 돌아가며, 몸이 쉽게 긴장한다. 다른 사람은 비교적 빨리 안정 상태로 돌아온다.

이 차이는 유전적 요인, 성장 환경, 과거의 경험이 함께 만들어낸다.

스트레스에 민감한 신경계는 위협 신호에 더 빨리 반응한다. 이는 낮에는 유용할 수 있다. 위험을 빨리 감지하고 대비하게 해 주기 때문이다.

하지만 밤이 되면 문제가 된다.

침대에 누운 순간, 낮 동안 억눌러 두었던 긴장이 한꺼번에 떠오른다. 뇌는 아직 경계 태세를 풀지 못한 채, 사소한 신체 감각과 생각에도 과잉 반응한다.

이런 상태에서는 졸림 신호가 들어와도, 각성 신호가 그것을 덮어버리기 쉽다. 성격은 원인이 아니라 위험 요인이다. 불면증을 겪는 많은 사람들은 스스로를 분석한다.

"나는 원래 예민하다."
"걱정이 많은 편이다."
"완벽주의라서 그런가 보다."

연구들은 이런 특성들이 불면증과 관련이 있을 수는 있지만, 그것만으로 불면증이 생긴다고 말할 수는 없다고 설명한다.

불안 성향, 완벽주의, 반복적으로 생각을 곱씹는 습관은 위험 요인에 가깝다. 불면증이 생길 가능성을 높일 수는 있지만, 결정적인 원인은 아니다.

중요한 것은 이런 성향이 스트레스 사건과 만났을 때다.

스트레스로 잠을 못 자는 경험이 반복되면, 그 기억이 뇌에 남는다. "밤 = 긴장해야 하는 시간"이라는 연합이 강화된다. 이때부터 불면증은 단순한 반응이 아니라, 학습된 패턴으로 굳어지기 시작한다.

뇌는 반복을 기억한다

뇌는 효율적인 기관이다. 자주 쓰는 회로는 더 빠르게 작동하도록 바뀐다.

밤마다 침대에서 뒤척이며 걱정하면, 그때 활성화되던 신경 회로가 점점 강화된다. 침대에 눕는 순간 자동으로 켜지는 경로가 만들어진다.

이 과정을 조건화된 각성이라고 부른다.

처음에는 외부 사건이 불면증을 시작시켰다 해도, 시간이 지나면 사건이 사라진 뒤에도 불면증은 계속된다. 뇌가 이미 그 반응을 배워 버렸기 때문이다.

그래서 만성 불면증에서는 종종 이렇게 말한다. "요즘은 특별한 스트레스가 없는데도 잠이 안 온다." 문제는 현재의 하루가 아니라, 과거 밤들의 누적이다.

통제하려는 태도가 불면증을 키울 때

불면증이 길어질수록 사람들은 수면을 더 강하게 관리하려 한다.

일찍 눕는다.
침대에서 오래 버틴다.
시계를 계속 본다.
잠이 안 오면 더 애쓴다.

이 행동들은 모두 잠을 되찾기 위한 노력이다. 그러나 뇌의 관점에서 보면, 이것은 매일 밤 반복되는 시험 상황이 된다.

"오늘은 성공해야 한다."
"이번에는 꼭 자야 한다."

이 생각은 긴장을 높인다. 심박수와 호흡이 변하고, 몸은 미세하게 경직된다. 각성 시스템은 다시 힘을 얻는다.

그 결과 잠은 더 어려워진다.

이런 패턴이 반복되면, 침대는 회복의 장소가 아니라 성과를 평가받는 무대가 바뀐다.

왜 불면증은 저절로 사라지지 않을까

급성 불면증은 흔히 자연스럽게 회복된다. 하지만 만성 불면증은 그렇지 않은 경우가 많다. 그 이유는 단순하다. 처음의 원인이 사라져도, 그 이후에 만들어진 습관과 신경 회로는 그대로 남아 있기 때문이다.

- 침대에서 오래 깨어 있는 습관
- 낮잠과 늦잠

- 시간 계산
- 걱정하는 사고 패턴
- 과도한 수면 통제

이 요소들이 서로를 강화하며, 불면증을 독립적인 문제로 만든다. 이 단계에 이르면, 단순히 스트레스를 줄이거나 휴식을 취하는 것만으로는 충분하지 않은 경우가 많다. 밤과 낮의 행동, 사고 방식, 환경까지 함께 재조정해야 한다.

이 장의 요점

모든 사람이 같은 방식으로 불면증에 빠지지는 않는다.

- 스트레스에 민감한 신경계
- 불안fJ완벽주의 같은 취약성
- 반복을 통해 학습된 각성 회로
- 잠을 통제하려는 행동

이 요소들이 겹치면서, 불면증은 일시적 반응에서 지속되는 상태로 바뀐다. 불면증은 성격 결함이 아니다. 그리고 단순히 의지로 버틸 수 있는 문제도 아니다. 그것은 뇌가 배운 패턴이다. 다음 장에서는 이 패턴을 바꾸기 시작하는 방법으로 들어간다.

병원에서 가장 먼저 권하는 치료는 무엇인가? 그리고 왜 많은 가이드라인이 행동 치료를 1차 전략으로 제시하는지를 살펴볼 것이다.

6장에서 계속 …

6장

병원에서
가장 먼저 권하는 치료

많은 사람들이 불면증으로 병원을 찾으면 이렇게 생각한다.

"수면제를 처방받겠지."
"약 말고는 방법이 없을 거야."

그러나 실제 임상 가이드라인에서 만성 불면증의 1차 치료로 가장 자주 언급되는 것은 약물이 아니라, 인지행동치료 기반 수면 치료다.

이 접근은 단순히 습관을 고치자는 이야기가 아니다. 불면증을 유지시키는 사고 패턴과 행동, 그리고 밤의 생리 반응을 동시에 조정하는 구조화된 치료다.

약보다 먼저 나오는 이유

약물 치료는 빠른 효과를 보일 수 있다. 하지만 장기적으로는 내성, 의존성, 낮 동안의 졸림 같은 문제가 생길 수 있다. 그래서 많은 전문 지침에서는 약물을 단독 해결책으로 쓰기보다는, 단기간 보조 수단으로 사용하는 것을 권한다.

반면 행동 치료는 뇌가 배운 각성 패턴을 다시 학습시키는 데 초점을 둔다.

- 침대와 각성의 연결을 끊고
- 졸림의 압력을 회복시키고
- 내부 시계를 다시 맞추며
- 수면을 둘러싼 생각 습관을 바꾼다.

이 방식은 시간이 걸리지만, 장기 유지 효과가 크다는 점이 여러 연구에서 반복적으로 보고되어 왔다.

인지행동치료는 무엇을 하는가

불면증을 위한 인지행동치료는 보통 여러 요소로 구성된다.

- 수면 교육
- 자극 조절
- 수면 제한
- 사고 재구성
- 이완 훈련
- 생활 리듬 조정

이 요소들은 각각 따로 작동하는 것이 아니라, 서로 맞물려 불면증의 고리를 끊는다. 이 장에서는 전체 그림만 먼저 살펴보고, 다음 장들에서 하나씩 자세히 다룬다.

침대의 의미를 다시 만드는 법

불면증에서 가장 중요한 목표 중 하나는, 침대를 다시 잠을 자는 장소로 돌려놓는 것이다. 이를 위해 치료에서는 단순하지만 까다로운 규칙을 제시한다.

- 졸릴 때만 침대에 들어간다.
- 침대에서 오래 깨어 있지 않는다.
- 잠이 안 오면 일어나 다른 공간으로 이동한다.
- 침대에서는 자거나 친밀한 휴식 외의 행동을 하지 않는다.

이 원칙의 핵심은 조건화된 각성을 끊는 것이다. 침대에서 뒤척이는 시간이 줄어들수록, 뇌는 다시 침대를 졸림과 연결하기 시작한다.

왜 일부러 수면 시간을 줄일까

처음 듣는 사람들은 놀란다.

"이미 못 자는데, 더 줄이라고요?"

이 방법은 수면 제한 요법이라 불린다. 목적은 벌주기나 고통을 주는 것이 아니라, 밤에 충분한 졸림 압력을 다시 쌓게 만드는 데 있다.

침대에서 보내는 시간이 실제 수면 시간보다 훨씬 길면, 수면은 얇아지고 끊어진다. 이 시간을 일시적으로 줄이면, 뇌는 더 강한 졸림 신호를 만들게 된다.

그 결과 잠드는 속도가 빨라지고, 중간 각성이 줄어들 수 있다. 물론 이 과정은 전문가의 지도 아래 조심스럽게 조정된다.

생각을 다루는 이유

불면증에서는 생각이 큰 역할을 한다.

"오늘도 못 잘 거야."
"내일 완전히 망쳤다."
"나는 원래 잠을 못 자."

이런 문장들은 단순한 예측이 아니라, 각성 시스템을 자극하는 신호가 된다.

치료에서는 이런 사고를 기록하고, 검토하고, 더 현실적인 문장으로 바꾸는 연습을 한다. 예를 들면 이렇게 이동한다.

> "절대 못 잔다" → "오늘도 잠들기까지 시간이 걸릴 수 있다."
> "내일 끝이다" → "피곤하겠지만 하루를 버틸 수는 있다."

이 작은 변화가 생리 반응을 낮추는 데 큰 역할을 한다.

단기간의 불편함은 정상이다

행동 치료 초반에는 오히려 더 피곤해질 수 있다. 잠을 줄이고, 규칙을 지키고, 낮잠을 피하는 과정에서 졸림이 몰려온다.

이것은 실패 신호가 아니다.

오히려 졸림 압력이 다시 쌓이고 있다는 표시일 수 있다. 대개 몇 주에 걸쳐 밤의 구조가 다시 정렬되기 시작한다.

이 장의 요점

병원에서 가장 먼저 권하는 치료는, 잠을 강제로 만드는 것이 아니라 뇌의 조절 시스템을 다시 훈련하는 접근이다.

- 약물은 보조 수단일 수 있지만
- 장기 전략의 핵심은 행동 치료이며
- 침대 ∬ 시계 ∬ 졸림 압력을 다시 연결하는 것이 목표다.

다음 장에서는 이 치료의 핵심 요소 중 하나를 깊이 파고든다. 침대에서 깨어 있을 때 왜 일어나야 하는가? 그리고 자극 조절 치료가 어떤 논리로 작동하는지를 살펴볼 것이다.

7장에서 계속 …

7장

침대에서 깨어 있으면
왜 일어나야 하는가

　불면증 치료에서 많은 사람들이 가장 이해하기 어려워하는 조언이
있다.

　"잠이 안 오면 침대에서 나오세요."

　피곤한 몸으로 겨우 누웠는데, 다시 일어나라니. 직관과는 완전히 반
대처럼 들린다.

　그러나 이 조언은 단순한 생활 요령이 아니라, 불면증을 유지시키는
핵심 메커니즘을 겨냥한 전략이다.

침대는 무엇을 의미하는 장소가 되었는가

건강한 수면에서 침대는 하나의 신호다. 몸이 침대에 눕는 순간, 뇌는 자동으로 "이제 쉬는 시간"이라고 해석한다. 근육 긴장은 내려가고, 주의는 외부에서 내부로 이동한다. 하지만 불면증이 반복되면 이 연결이 바뀐다.

> 침대에서 뒤척인다.
>
> 시계를 본다.
>
> 걱정을 시작한다.
>
> 휴대전화를 확인한다.
>
> 내일을 계산한다.

이 경험이 수십 번 반복되면, 뇌는 새로운 공식을 배운다.

침대 = 잠

이 아니라,

침대 = 깨어 있음, 평가, 실패, 긴장

이때 침대는 더 이상 휴식 신호가 아니라, 각성을 촉발하는 자극이 된다. 자극 조절 치료는 이 잘못 학습된 연결을 다시 쓰는 작업이다.

왜 누워 있는 시간이 문제인가

잠이 오지 않는 상태에서 침대에 오래 누워 있으면, 뇌는 두 가지를 동시에 학습한다.

> 첫째, 침대에 있어도 깨어 있을 수 있다는 것.
> 둘째, 밤마다 긴장이 반복된다는 것.

이 학습은 매우 빠르게 일어난다. 특히 불면증이 오래 지속된 경우, 침대에 들어가는 순간 심박이 빨라지고 생각이 늘어나는 사람들도 있다. 아직 졸리지 않아도 몸이 먼저 반응하는 것이다.

그래서 치료에서는 침대에서 깨어 있는 시간을 최소화하려 한다. 잠과 침대를 다시 단단히 연결하기 위해서다.

"얼마나 지나면 일어나야 하나"

많은 지침에서 구체적인 분 단위를 강조하지 않는다.

20분이라는 숫자가 종종 언급되지만, 실제 핵심은 시간 측정이 아니다. 중요한 기준은 이것이다.

졸림이 사라졌다고 느껴질 때.

긴장하거나 계산을 시작했을 때.

'또 못 자겠구나'라는 생각이 강해질 때.

이 순간이 바로 침대에서 나와야 할 신호다. 시계를 보며 시간을 재는 행위 자체가 각성을 키울 수 있기 때문에, 내부 감각을 기준으로 판단하도록 권한다.

일어나서 무엇을 해야 할까

침대에서 나왔다고 해서 스마트폰을 켜고 뉴스나 업무를 시작하는 것은 도움이 되지 않는다.

목표는 깨어 있기 위함이 아니라, 각성을 더 키우지 않은 채 졸림이 다시 돌아올 때까지 기다리는 것이다.

그래서 권장되는 행동은 대체로 다음과 같다.

- 조명을 어둡게 유지한다.
- 조용한 독서나 단순한 활동을 한다.
- 자극적인 화면은 피한다.
- 시계를 반복해서 확인하지 않는다.

그리고 다시 졸림이 느껴질 때 침대로 돌아간다. 이 과정을 반복하면, 뇌는 점점 새로운 규칙을 학습한다. 침대에 있으면 잠을 자는 시간이 많아진다. 깨어 있을 때는 침대를 떠난다.

이 단순한 패턴이 조건화된 각성을 약화시킨다.

새벽에 깼을 때도 마찬가지다

이 원칙은 잠들기 전뿐 아니라, 한밤중에 깼을 때도 적용된다.

눈을 떴는데 다시 잠들 기미가 없고, 생각이 커지기 시작한다면, 침대에 그대로 머무르기보다는 잠시 나와 있는 편이 도움이 된다.

많은 사람들이 "그래도 누워 있어야 조금이라도 더 쉬지 않을까"라고 생각한다.

그러나 깨어 있는 채로 침대에서 불안을 키우는 시간이 길어질수록, 침대와 각성의 연결은 더 강화된다.

짧은 이탈이 장기적으로는 더 많은 수면을 회복시키는 경우가 많다.

왜 이 방법이 효과가 있는가

자극 조절 치료는 세 가지를 동시에 노린다.

> 첫째, 침대-각성 연결을 약화시킨다.
>
> 둘째, 졸림이 강할 때만 침대에 머물게 만든다.
>
> 셋째, 수면 효율을 높인다.

수면 효율이란, 침대에 누워 있는 시간 중 실제로 잠든 비율을 말한다.

이 비율이 올라갈수록, 뇌는 침대를 더 강하게 수면 신호로 인식하게 된다.

처음에는 더 힘들 수 있다

이 방법을 시작하면 초반에는 밤에 여러 번 일어나야 할 수도 있다.

피곤한데 다시 나오는 것이 부담스럽고, "이게 정말 도움이 될까"라는 의심도 든다. 그러나 이것은 실패가 아니라, 학습 과정의 일부일 수 있다. 오랫동안 형성된 연결은 하루이틀 만에 바뀌지 않는다. 대개 몇 주에 걸쳐, 침대에서 보내는 깨어 있는 시간이 줄어들기 시작한다.

이 장의 요점

~~~~~~~~~~~~~~~~~~~~~~~~~~~~~~~~~~~~

　침대에서 깨어 있으면 일어나라는 조언은, 의지를 시험하기 위한 규칙이 아니다. 그것은 뇌가 배운 연결을 다시 쓰기 위한 전략이다.

- 침대는 잠의 장소로 되돌리고
- 깨어 있음은 침대 밖으로 분리하며
- 조건화된 각성을 약화시키는 것.

　다음 장에서는 이 전략과 짝을 이루는 또 하나의 핵심 기법으로 들어간다. 왜 일부러 침대에 머무는 시간을 제한하는가? 수면 제한 요법이 어떤 논리로 작동하는지를 살펴볼 것이다.

8장에서 계속 …

8장

왜 일부러
침대에 머무는 시간을
제한하는가

불면증 치료에서 가장 오해받는 방법 중 하나가 있다.

"침대에 있는 시간을 줄이세요."

이미 충분히 못 자고 있는데, 더 줄이라고 하다니. 이 말은 많은 사람들에게 벌처럼 들린다. 그러나 이 방법의 목적은 수면을 박탈하는 데 있지 않다. 오히려 그 반대다. 깊고 연속된 수면을 다시 만들기 위한 전략이다. 침대에 오래 있다고 잠이 늘어나는 것은 아니다 불면증이 길어질수록 사람들은 이렇게 행동하기 쉽다.

일찍 눕는다.
늦게 일어난다.
주말에 몰아서 잔다.
침대에서 오래 버틴다.

이 행동들은 모두 잠을 늘리기 위한 시도다.

하지만 역설적으로, 이런 패턴은 수면을 더 얕고 단절되게 만드는 경우가 많다.

침대에서 보내는 시간이 실제로 잠든 시간보다 훨씬 길면, 뇌는 각성 상태를 반복해서 경험하게 된다. 그 결과 침대는 다시 시험장이 되고, 수면 효율은 떨어진다.

수면 제한 요법은 이 구조를 거꾸로 뒤집는다.

수면 효율이라는 지표

이 치료에서 중요한 개념 하나가 있다.

> 수면 효율

이는 단순히 몇 시간을 잤느냐가 아니라, 침대에 누워 있던 시간 중 실제로 잠들어 있던 비율을 뜻한다. 예를 들어, 침대에는 8시간 있었는데 실제로 잔 시간은 5시간이라면, 수면 효율은 약 62퍼센트다. 목표는 이 비율을 끌어올리는 것이다. 처음에는 침대에 있는 시간을 줄여서라도, 그 안에서 잠드는 비율을 높이는 쪽을 택한다.

어떻게 시간을 줄이는가

수면 제한은 무작정 줄이지 않는다.

보통 먼저 수면 일지를 통해, 최근 며칠간 실제로 잔 평균 시간을 계산한다. 그리고 그 시간에 맞춰 침대에 머무는 시간을 정한다. 예를 들어 최근 평균 수면 시간이 5시간 반이라면, 처음에는 침대에 있는 시간을 5시간 반에서 6시간 정도로 제한한다.

기상 시간은 고정한다.
취침 시간은 거기에 맞춰 뒤로 미룬다.
이 방식의 핵심은 두 가지다.

- 아침에 같은 시각에 일어나는 것
- 밤에 충분한 졸림 압력을 만들 것

왜 이 방법이 효과가 있는가

침대에 머무는 시간이 줄어들면, 밤에는 강한 졸림이 생긴다.

이 졸림 압력은 잠드는 속도를 빠르게 하고, 중간 각성을 줄이는 방향으로 작용한다. 동시에 침대에서 깨어 있는 시간이 줄어들기 때문에, 침대-각성 연결도 약해진다. 이 두 효과가 함께 일어나면서, 수면은 점점 더 응축되고 깊어진다. 이 과정이 반복되면 수면 효율이 올라가고, 그에 맞춰 침대에서 보내는 시간도 다시 늘려 간다.

처음엔 더 피곤해질 수 있다

수면 제한을 시작하면 초반 며칠은 몹시 졸릴 수 있다. 낮 동안 눈이 무겁고, 집중이 어려울 수도 있다. 이것은 실패 신호가 아니다. 오히려 밤에 졸림 압력이 제대로 쌓이고 있다는 표시일 수 있다.

그래서 이 시기에는 낮잠을 피하고, 운전이나 위험한 작업에는 각별히 주의해야 한다. 대개 1-2주가 지나면, 밤의 구조가 서서히 바뀌기 시작한다.

왜 혼자서 하면 안 되는가

수면 제한 요법은 효과가 크지만, 무턱대고 따라 하면 위험할 수 있다.

과도하게 줄이면 사고 위험이 커질 수 있고, 특정 질환이 있는 경우에는 적절하지 않을 수도 있다.

그래서 임상에서는 전문가의 지도 아래, 수면 일지를 보며 서서히 조정한다. 목표는 견디는 것이 아니라, 회복이다.

주말에도 지켜야 하는 이유

많은 사람들이 평일에는 제한을 지키다가, 주말에 풀어 버린다. 늦잠을 자고, 낮잠을 몰아서 잔다.

그러면 다시 두 축이 흔들린다.

졸림 압력은 낮아지고,
내부 시계는 뒤로 밀린다.

수면 제한이 효과를 내기 위해서는, 주말에도 기상 시간은 유지하는 것이 중요하다.

이 장의 요점

수면 제한 요법은 고통을 주기 위한 규칙이 아니다.

- 침대에서 보내는 시간을 줄여

- 졸림 압력을 회복시키고
- 침대-수면 연결을 강화하며
- 수면 효율을 끌어올리는 전략이다.

다음 장에서는 또 하나의 중요한 축으로 들어간다. 잠에 대한 생각은 어떻게 불면증을 유지하는가? 인지 치료가 어떤 방식으로 밤의 각성을 낮추는지를 살펴볼 것이다.

9장에서 계속 …

9장

잠에 대한 생각은
어떻게 밤을 깨우는가

불면증이 오래 지속될수록 사람들은 잠에 대해 많은 생각을 하게
된다.

"오늘도 못 잘 거야."
"내일 하루는 완전히 망쳤다."
"나는 원래 잠을 못 자는 체질이다."

이 문장들은 단순한 예측처럼 들린다.
그러나 뇌의 관점에서 보면, 이것들은 위협 신호에 가깝다.

잠을 잃는다는 생각 자체가 긴장을 만들고, 그 긴장이 다시 잠을 밀어
내는 구조가 형성된다.

생각은 몸의 반응을 바꾼다

우리는 흔히 생각과 몸을 분리해서 상상한다. 하지만 실제로는 둘은 긴밀히 연결되어 있다. "큰일 났다"는 생각이 떠오르면 심박이 빨라지고, 호흡이 얕아지고, 근육이 긴장한다. 이는 뇌가 위험을 감지했을 때 나타나는 자동 반응이다.

불면증에서는 이 반응이 밤에 반복된다.

침대에 누우면, 몸은 조용해져야 할 시간인데도 위협 탐지 시스템이 켜진다. 뇌는 수면 부족의 결과를 계산하고, 내일의 일정과 실패 가능성을 떠올린다.

그 순간 각성 네트워크는 다시 힘을 얻는다.

수면에 관한 대표적인 왜곡들

인지 치료에서는 사람들이 흔히 빠지는 사고 패턴을 몇 가지 유형으로 묶어 살펴본다.

1) 파국화
한두 시간 못 잔 밤을 재앙으로 해석한다.

"오늘은 완전히 끝났다."

"아무것도 못 할 거야."

2) 과도한 일반화

몇 번의 실패를 전체로 확대한다.

"나는 항상 잠을 못 잔다."

"이제 평생 이럴 거야."

3) 경직된 규칙

잠에 대한 절대적 기준을 세운다.

"나는 꼭 8시간을 자야 한다."

"한 번 깨면 다시 못 잔다."

이런 생각들은 졸림을 늘리지 않는다.

대신 긴장을 키운다.

생각을 없애려 할수록 커지는 이유

많은 사람들이 밤에 떠오르는 생각을 없애려고 애쓴다.

"아무 생각도 하지 말자."
"걱정하지 말자."

그러나 이 전략은 자주 역효과를 낳는다.

생각을 감시하게 되고, 조금만 떠올라도 실패했다고 느끼게 된다. 그 자체가 다시 각성을 키운다.

인지 치료의 목표는 생각을 완전히 없애는 것이 아니다. 생각과의 관계를 바꾸는 것이다.

생각을 기록하고 거리 두기

치료에서는 흔히 종이와 펜을 사용한다.
밤에 떠오른 생각을 그대로 적는다.

- 지금 무슨 생각이 떠오르고 있는가
- 그 생각을 얼마나 믿고 있는가
- 그것을 뒷받침하는 증거는 무엇인가
- 반대 증거는 무엇인가

이 과정을 통해, 자동적으로 떠오른 판단을 조금 떨어져서 바라보게 된다. 그리고 더 균형 잡힌 문장으로 바꿔 본다.

> "오늘은 끝났다"
> → "피곤하겠지만 기능할 수는 있다."
> "나는 못 자는 체질"
> → "최근에 잠을 못 잤지만, 항상 그런 것은 아니다."

내일에 대한 계산을 멈추는 연습

불면증에서 흔한 습관 중 하나는, 밤마다 다음 날을 미리 평가하는 것이다.

"회의 망칠 것 같다."
"집중 못 할 거다."

그러나 실제로는, 사람들은 생각보다 많은 일을 해낸다. 피곤한 날에도 기본적인 기능은 유지되는 경우가 많다. 인지 치료에서는 이런 예측을 사실 검증의 대상으로 다룬다. 얼마나 자주 예측이 그대로 맞았는지, 맞지 않았던 날은 없었는지.

이런 점검은 두려움을 현실 수준으로 낮추는 데 도움이 된다.

통제 대신 허용으로 이동하기

불면증에서는 수면을 통제하려는 태도가 강해진다.

"지금 당장 자야 한다."
"뒤척이면 안 된다."

그러나 이런 명령은 뇌에게 시험 과제를 던지는 것과 비슷하다. 인지치료는 통제에서 허용 쪽으로 이동하는 연습을 한다.

"지금 당장은 잠이 안 올 수도 있다."
"몸이 준비되면 잠은 온다."

이 문장들은 체념이 아니라, 생리적 현실을 인정하는 태도. 그 자체가 각성을 낮추는 역할을 한다.

이 장의 요점

불면증에서 생각은 단순한 배경이 아니다.

- 파국적 예측은 긴장을 키우고
- 경직된 규칙은 압박을 만들며

- 통제하려는 태도는 각성을 강화한다.

인지 치료의 목표는, 이 사고 패턴을 없애는 것이 아니라 완화하는 것이다. 다음 장에서는 또 하나의 축으로 들어간다. 이완 훈련과 호흡, 명상은 정말 효과가 있는가? 몸의 각성을 낮추는 기법들이 어떤 근거를 갖고 있는지를 살펴볼 것이다.

10장에서 계속 …

10장

몸을 진정시키는 기술은
정말 효과가 있는가

불면증이 있는 사람들에게 흔히 이런 조언이 따라온다.

"호흡해 보세요."
"명상하면 잠 잘 옵니다."
"몸을 풀어야 합니다."

이 말들은 맞을 수도 있고, 틀릴 수도 있다.

정확히 말하면, 이런 기법들은 잠을 직접 만들어 주지는 않는다. 그러나 올바르게 쓰이면, 밤에 과도하게 켜진 각성 시스템을 낮추는 데 중요한 역할을 할 수 있다.

잠은 '강제로' 오는 것이 아니다 앞선 장들에서 반복해서 살펴봤듯, 수면은 명령으로 만들어지는 상태가 아니다.

"자야 한다."

"지금 당장 자라."

이런 신호는 뇌에게 시험을 주는 것과 비슷하다. 반면 이완 훈련의 목표는 정반대다. 잠을 만들려 하지 않고, 깨어 있으려는 생리 반응을 낮추는 것.

심박을 늦추고, 근육 긴장을 풀고, 호흡을 깊게 하면서 몸이 자연스럽게 야간 모드로 이동하도록 돕는다.

호흡이 뇌에 미치는 영향

호흡은 자율신경계에 직접적인 영향을 미친다.

얕고 빠른 호흡은 경계 상태와 연결되어 있다. 반대로 느리고 규칙적인 호흡은 부교감 신경계를 활성화해 몸을 진정 쪽으로 기울인다.

그래서 불면증 치료에서는 종종 다음과 같은 방식이 쓰인다.

- 숨을 들이마실 때보다 내쉴 때를 더 길게 하기
- 배가 부풀어 오르는 복식 호흡
- 일정한 리듬으로 숫자를 세며 숨 쉬기

이런 연습은 뇌에 "지금은 위협 상황이 아니다."라는 신호를 보낸다.

근육 이완은 왜 도움이 되는가

불면증이 있는 사람들은 스스로 인식하지 못한 채 몸을 긴장시키고 있는 경우가 많다. 어깨가 올라가 있고, 턱이 굳어 있고, 손이 꽉 쥐어져 있다. 근육 이완 훈련은 이런 미세한 긴장을 하나씩 풀어 주는 연습이다.

발에서 시작해 종아리, 허벅지, 배, 어깨, 얼굴로 올라가며 근육을 잠시 긴장시켰다가 풀어 준다.

이 과정에서 뇌는 중요한 정보를 받는다.

몸이 풀리고 있다 = 위험이 없다.

이 신호는 각성 네트워크를 약화시킨다.

명상은 생각을 없애는 것이 아니다

많은 사람들이 명상을 "아무 생각도 하지 않는 것"으로 오해한다. 그러나 실제로는 그렇지 않다. 명상의 핵심은 생각을 없애는 것이 아니라, 생각이 떠오르는 것을 알아차리고 휩쓸리지 않는 연습이다.

밤에 걱정이 올라오면,

"이건 또 하나의 생각이다."

라고 마음속으로 구분해 보는 것이다.

그 자체가 사고-각성 연결을 느슨하게 만든다.

왜 어떤 사람에게는 효과가 없을까

이완 기법이 모든 사람에게 즉각적으로 잘 맞는 것은 아니다. 어떤 사람들은 오히려 더 집중하게 되면서,

"왜 아직도 안 풀리지?"
"이렇게 해도 안 되네."

라는 생각이 생기고, 그 자체가 다시 각성을 키울 수 있다.

이럴 때는 기법을 바꿔 보거나, 짧게 적용하거나, 성과를 기대하지 않

는 태도가 중요하다. 이완 훈련은 시험이 아니다.

언제 사용하는 것이 좋은가

이완 기법은 잠들기 직전에만 쓰는 것이 아니다.

- 잠자리에 들기 전 루틴으로
- 밤에 깼을 때
- 침대 밖에서 졸림을 기다릴 때
- 낮 동안 스트레스를 낮추는 연습으로

반복적으로 사용하면, 몸은 이런 신호에 더 빨리 반응하게 된다.

이 장의 요점

호흡, 이완, 명상은 수면을 강제로 만드는 기술이 아니다.

- 몸의 각성을 낮추고
- 자율신경계를 진정시키며
- 생각과 거리 두기를 연습하는 도구다.

불면증에서 이것들은 주연이 아니라 조연이지만, 잘 쓰이면 치료 전체의 효과를 크게 돕는다. 다음 장에서는 매우 중요한 생활 요인으로 들어간다. 카페인, 알코올, 운동, 낮잠은 수면에 어떤 영향을 미치는가? 일상 속 선택들이 밤의 뇌를 어떻게 바꾸는지를 살펴볼 것이다.

11장에서 계속 …

11장

낮의 선택이
밤의 수면을 만든다

많은 사람들이 불면증을 밤의 문제라고 생각한다.

그러나 실제로 밤의 뇌는, 낮 동안 우리가 무엇을 먹고, 어떻게 움직이고, 얼마나 빛을 보고, 언제 쉬었는지의 결과물이다.

수면은 하루 전체의 산물이다.

카페인은 얼마나 오래 남는가

커피 한 잔이 잠을 깨우는 효과는 생각보다 오래 지속된다.

카페인은 뇌에서 졸림 신호를 약화시키는 물질의 작용을 막는다. 그래서 피곤함이 덜 느껴진다.

문제는 지속 시간이다.

사람마다 다르지만, 카페인의 절반이 몸에서 사라지는 데는 몇 시간이 걸린다. 늦은 오후나 저녁에 마신 커피는, 밤이 되어도 각성 효과를 유지할 수 있다.

초콜릿, 에너지 음료, 일부 진통제에도 카페인이 들어 있다는 사실을 모르는 경우도 많다. 불면증이 있다면, 카페인과의 관계를 다시 점검할 필요가 있다.

알코올은 잠을 도와줄까

술을 마시면 졸음이 오는 느낌이 들 수 있다.

그래서 많은 사람들이 "한 잔 정도는 수면제 같은 것"이라고 생각한다. 하지만 생리적으로 보면, 알코올은 수면의 구조를 교란한다. 초반에는 잠들기 쉬워질 수 있지만, 밤이 깊어질수록 각성이 늘고, 자주 깨며, 깊은 수면과 꿈 수면의 비율이 바뀐다.

아침에 일어났을 때 개운하지 않은 이유가 여기에 있다.

특히 불면증이 있는 사람일수록, 이런 영향에 더 민감하게 반응하는 경우가 많다.

운동은 언제 하는 것이 좋을까

규칙적인 신체 활동은 수면에 도움이 된다.

낮 동안 움직이면 졸림 압력이 더 잘 쌓이고, 스트레스도 완화된다. 하지만 시간대가 중요하다. 늦은 밤의 격한 운동은 체온과 각성 수준을 끌어올려, 잠드는 것을 방해할 수 있다. 사람에 따라 다르지만, 보통 취침 몇 시간 전에는 강도가 높은 운동을 피하는 것이 권장된다.

반면 아침이나 낮의 운동은 내부 시계를 앞당기는 데 도움이 될 수 있다.

낮잠은 친구일까 적일까

낮잠은 양날의 검이다.

짧은 낮잠은 피로를 줄여 줄 수 있다. 그러나 불면증이 있는 사람에게는 밤의 졸림 압력을 깎아 먹는 경우가 많다.

특히 늦은 오후의 낮잠, 30분을 훌쩍 넘는 낮잠은 밤의 수면 시작을 어렵게 만든다. 치료 과정에서는 종종 낮잠을 피하거나 매우 제한하도록 권한다. 밤에 다시 졸릴 기회를 만들기 위해서다.

빛은 가장 강력한 신호다

우리 몸의 시계에 가장 큰 영향을 미치는 것은 빛이다.

아침 햇빛은 "하루가 시작됐다"는 신호를 보내고, 저녁의 밝은 빛은 시계를 뒤로 밀 수 있다.

스마트폰과 태블릿 화면에서 나오는 빛도 무시할 수 없다.

특히 잠들기 전 침대에서 화면을 오래 보는 습관은, 뇌에게 아직 낮이라고 말해 주는 셈이다.

불면증에서는 밤의 빛 노출을 줄이고, 아침에는 가능한 한 밝은 자연광을 받는 것이 중요하다.

식사 시간도 영향을 준다

너무 늦은 밤의 과식은 불편함과 각성을 유발할 수 있다. 반대로 공복이 지나치게 길어져도, 밤중에 깨어날 수 있다. 규칙적인 식사 시간은 내부 리듬을 안정시키는 데 도움이 된다.

이 장의 요점

밤의 수면은 밤에만 결정되지 않는다.

- 늦은 카페인은 각성을 남기고
- 알코올은 수면 구조를 깨뜨리며
- 운동 시간은 각성 수준을 좌우하고
- 낮잠은 졸림 압력을 조절하고
- 빛 노출은 내부 시계를 움직인다.

불면증에서는 이런 요소들이 작은 차이로도 큰 영향을 만든다. 다음 장에서는, 많은 사람들이 가장 궁금해하는 주제로 들어간다. 수면제는 언제 필요하고, 어떤 역할을 하는가? 약물 치료의 현실적인 위치를 살펴볼 것이다.

12장에서 계속 …

12장

수면제는 언제 필요할까

불면증을 겪다 보면, 결국 이런 질문에 도달한다.

"약을 먹어야 할까?"
"계속 먹어도 괜찮은 걸까?"
"끊으면 더 못 자게 되는 건 아닐까?"

수면제는 불면증 치료에서 중요한 도구일 수 있다. 그러나 만능 해결책은 아니다.

이 장에서는 약물 치료가 어떤 상황에서 도움이 될 수 있는지, 그리고 어떤 역할까지를 맡는 것이 현실적인지를 살펴본다.

약은 '해결책'이 아니라 '도움닫기'다

많은 사람들이 수면제를 근본 치료로 생각한다. 하지만 임상 지침에서 약물은 대개 보조 수단으로 분류된다.

약은 밤의 각성을 일시적으로 낮춰 주고, 잠들기 쉬운 상태를 만들어 줄 수 있다. 그러나 침대와 각성의 연결, 잘못 맞춰진 생체 리듬, 수면에 대한 두려움 같은 핵심 메커니즘을 직접 바꾸지는 않는다.

그래서 장기 전략의 중심에는 여전히 행동 치료와 생활 리듬 조정이 놓인다. 약은 그 과정을 견디기 쉽게 만들어 주는 역할을 한다.

어떤 상황에서 고려되는가

수면제가 특히 고려되는 경우는 다음과 같다.

- 불면이 심해 일상 기능이 크게 떨어졌을 때
- 단기간의 위기 상황이 있을 때
- 행동 치료를 시작하는 초기에 고통이 매우 클 때
- 다른 질환과 함께 수면 문제가 악화되었을 때

이 경우에도 대개는 기간과 목표를 정해 두고 사용한다.

"이 약으로 계속 지내자"가 아니라,

"회복 궤도에 오를 때까지 다리를 놓아 주자"는 접근이다.

왜 오래 쓰는 것은 조심해야 할까

일부 수면제는 장기간 사용할 경우 문제가 생길 수 있다.

- 효과가 줄어드는 내성
- 약이 없으면 더 불안해지는 심리적 의존
- 낮 동안의 졸림이나 집중 저하
- 낙상 위험 증가(특히 고령자)

이런 이유로, 많은 가이드라인은 가능한 한 최소 용량, 짧은 기간 사용을 권한다.

약을 먹으면 자연스러운 수면이 깨질까

이 질문도 자주 나온다.

약물의 종류에 따라 다르지만, 일부는 수면의 구조—깊은 잠과 꿈 수면의 비율—를 바꿀 수 있다.

그래서 "시간은 잤는데 개운하지 않다"는 느낌이 들기도 한다. 이 때문에 약만으로 불면증을 해결하려는 접근은 한계가 있다. 약에 대한 두려움도 문제를 키울 수 있다 반대로, 약에 대한 과도한 두려움이 불면증을 악화시키는 경우도 있다.

"이거 먹으면 큰일 나는 거 아닐까."
"중독될까 봐 무섭다."

이 생각 자체가 밤의 각성을 키운다. 중요한 것은 공포나 기대가 아니라, 의사와 함께 목적∬기간∬대안을 분명히 하는 것이다.

약을 끊을 때 더 못 자는 이유

수면제를 중단할 때 일시적으로 잠이 더 나빠지는 느낌이 들 수 있다. 이를 반동 불면이라고 부르기도 한다. 이 현상은 약에만 의존해 왔을 경우 특히 두드러질 수 있다.

그래서 중단은 보통 갑자기 하기보다, 서서히 줄이면서 행동 치료와 병행하는 방식이 쓰인다.

이 장의 요점

수면제는 불면증 치료에서 중요한 도구일 수 있다.

그러나,

- 근본 해결책은 아니며
- 보조 수단으로 쓰이는 것이 일반적이고
- 기간과 목표를 정해 사용해야 하며
- 행동 치료와 함께할 때 효과가 가장 크다.

약은 목적지가 아니라, 회복으로 가는 길에 놓인 임시 다리다. 다음 장에서는 불면증 치료에서 빠질 수 없는 또 하나의 요소로 들어간다. 병원에서는 어떤 검사를 할까? 수면다원검사, 상담, 진단 과정이 어떻게 진행되는지를 살펴볼 것이다.

13장에서 계속 …

13장

병원에서는 무엇을 살펴볼까

불면증으로 병원을 찾기 전, 많은 사람들이 이렇게 생각한다.

"가면 바로 검사부터 하나?"
"하룻밤 재워 놓고 기계 달고 자야 하나?"
"뭔가 큰 병이 있는 건 아닐까?"

실제로는 대부분의 경우, 진단의 시작은 대화다. 불면증은 단순히 밤 몇 시간을 못 자는 문제가 아니라, 생활 리듬, 스트레스, 생각 습관, 몸의 신호가 함께 얽힌 상태이기 때문이다.

가장 먼저 하는 것은 이야기 듣다

진료실에서 가장 먼저 다루는 것은 수면 습관이다.

- 언제 침대에 들어가는지
- 잠드는 데 얼마나 걸리는지
- 밤에 몇 번 깨는지
- 몇 시에 일어나는지
- 낮잠은 자는지
- 카페인이나 술은 얼마나 마시는지

여기에 스트레스 상황, 기분 변화, 불안 수준, 복용 중인 약물도 함께 살핀다. 이 과정은 단순한 문진이 아니라, 불면증이 어떤 방식으로 유지되고 있는지를 지도처럼 그리는 작업이다.

수면 일지는 왜 쓰는가

많은 경우 의사는 수면 일지를 요청한다. 매일 아침 다음과 같은 내용을 기록한다.

- 잠자리에 든 시간
- 실제로 잠든 것 같은 시각
- 밤중에 깬 횟수
- 아침에 일어난 시간
- 낮잠 여부
- 그날의 컨디션

이 기록은 주관적인 느낌을 구조화해 준다. "거의 못 잤다"는 말이, 실제로는 몇 시간의 수면이었는지, 어떤 패턴이 반복되는지를 보여 준다.

치료 방향을 정하는 데 매우 중요한 자료가 된다.

모든 사람이 검사를 받는 것은 아니다

불면증이 있다고 해서 모두가 정밀 검사를 받는 것은 아니다.

대부분의 만성 불면증은 병력 청취와 수면 일지만으로도 충분히 평가할 수 있다. 그러나 다음과 같은 경우에는 추가 검사가 고려된다.

- 심한 코골이나 숨 멎음이 의심될 때
- 다리가 저절로 움직이는 증상이 있을 때
- 밤에 이상 행동을 한다고 들었을 때
- 낮에도 참기 힘든 졸림이 있을 때
- 약물 치료에 반응이 없을 때

이때 등장하는 것이 수면다원검사다.

수면다원검사는 무엇을 보는가

수면다원검사는 하룻밤 동안 여러 신호를 동시에 기록하는 검사다. 뇌파, 눈 움직임, 근육 긴장, 심박수, 호흡, 산소 포화도 같은 정보가 수집된다. 이 자료를 통해,

- 수면 무호흡증
- 하지불안증후군과 연관된 움직임
- 수면 단계의 분포
- 밤중 각성 패턴

같은 문제를 평가할 수 있다. 중요한 점은, 이 검사는 불면증 자체를 진단하는 기본 도구는 아니라는 것이다. 주된 목적은, 불면증을 흉내 내는 다른 수면 질환이 있는지를 확인하는 데 있다.

정신건강 평가도 함께 이루어진다

불면증은 우울, 불안, 외상 후 스트레스 같은 상태와 함께 나타나는 경우가 많다. 그래서 진료에서는 기분 상태와 스트레스 수준도 함께 다룬다. 이것은 "마음의 문제"로 몰아가기 위함이 아니다.

오히려 불면증과 정서 상태가 서로를 강화하는 고리를 만들기 때문

이다.

검사보다 중요한 것

많은 사람들이 검사 결과에서 모든 답이 나올 것이라 기대한다. 그러나 불면증에서는,

- 낮의 행동
- 밤의 습관
- 침대에서의 생각
- 걱정과 긴장 패턴

이 더 중요한 단서가 되는 경우가 많다.

그래서 치료의 핵심은 검사실이 아니라, 일상의 리듬을 재구성하는 데 있다.

이 장의 요점

병원에서 불면증을 평가할 때,

- 가장 먼저 듣는 것은 수면 습관 이야기이며
- 수면 일지는 핵심 자료가 되고
- 모든 사람이 정밀 검사를 받지는 않으며
- 수면다원검사는 다른 질환을 배제하기 위한 도구이고
- 정서 상태 평가도 함께 이루어진다.

불면증 진단은 하루 밤의 검사로 끝나는 일이 아니라, 삶의 패턴을 함께 살펴보는 과정이다. 다음 장에서는 조금 다른 방향으로 들어간다. 불면증은 완치될 수 있을까? 그리고 회복의 경로는 어떤 모습으로 나타나는지를 이야기할 것이다.

14장에서 계속 …

14장

불면증은
정말 나아질 수 있을까

불면증이 오래 지속되면, 사람들은 점점 이런 생각에 가까워진다.

"이건 평생 가는 거 아닐까."
"나는 원래 잠을 못 자는 사람인 것 같아."
"좋아졌다가도 다시 나빠질 것 같아."

이런 생각은 이해할 만하다. 밤마다 반복되는 좌절은, 미래에 대한 기대 자체를 갉아먹기 때문이다. 그러나 연구와 임상 경험이 공통으로 보여 주는 사실이 있다. 많은 사람들에게 불면증은 호전될 수 있다. 그리고 그 회복은 한순간의 기적처럼 오기보다는, 점진적인 변화의 형태로 나타난다.

완치라는 말이 어려운 이유

불면증에서 "완치"라는 단어는 조금 복잡하다.

감기처럼 다시는 겪지 않는 상태를 의미할 수도 있고, 가끔 잠을 설쳐도 예전처럼 두려워하지 않는 상태를 뜻할 수도 있다. 임상적으로는 후자에 더 가깝다.

- 잠이 안 오는 밤이 완전히 사라지는 것이 아니라
- 그런 밤이 와도 크게 흔들리지 않고
- 다시 리듬을 되찾을 수 있는 상태

이것이 현실적인 회복의 모습이다.

회복은 보통 이렇게 시작된다

많은 사람들이 어느 날 갑자기 "이제 잘 잔다"고 느끼지 않는다. 대신 이런 변화가 먼저 나타난다.

- 잠드는 데 걸리는 시간이 조금 줄어든다
- 한밤중에 깨는 횟수가 줄어든다
- 깨어도 예전만큼 불안하지 않다

- 낮 동안 버틸 수 있다는 감각이 돌아온다
- 침대에 대한 두려움이 약해진다

이 작은 변화들이 쌓이면서, 밤의 구조가 서서히 안정된다.

재발은 실패가 아니다

회복 과정에서 많은 사람들이 가장 두려워하는 것은 재발이다. 며칠, 혹은 몇 주 잘 자다가 다시 나빠지는 밤이 오면,

"역시 안 되는 거였어."
"모든 게 도로아미타불이야."

라고 느끼기 쉽다.

그러나 불면증에서 이런 흔들림은 매우 흔하다.

스트레스가 커질 때, 일정이 깨질 때, 몸이 아플 때, 잠은 다시 예민해질 수 있다.

중요한 것은 그때 무엇을 하느냐다.

예전처럼 침대에서 버티며 불안을 키우는 대신, 배운 원칙으로 돌아가는 것.

기상 시간을 다시 고정하고,

낮잠을 줄이고,

침대와 깨어 있음의 연결을 끊고,

생각을 현실적으로 조정하는 것.

이 대응 능력 자체가 회복의 일부다.

"나는 다시 못 잘까 봐 무섭다"는 생각

회복기에 가장 흔한 걱정은 이것이다. "오늘 잘 잤지만, 내일은 또 못 잘까 봐 불안하다." 이 두려움이 커질수록, 밤은 다시 시험장이 된다. 그래서 치료에서는 잠을 지키려는 태도보다 잠이 흔들려도 괜찮다고 허용하는 태도를 중요하게 다룬다.

수면은 지키려 할수록 도망가고, 내버려 둘수록 돌아오는 성질이 있다.

회복의 핵심은 기술이 아니라 방향이다

앞선 장들에서 많은 방법을 다뤘다. 자극 조절, 수면 제한, 인지 치료, 이완 훈련, 생활 습관 조정.

그러나 장기적으로 가장 중요한 것은 특정 기법 하나가 아니라, 불면증을 대하는 방향의 변화다.

- 통제하려 하기보다 관찰하는 쪽으로
- 실패로 해석하기보다 과정으로 보는 쪽으로
- 두려움 대신 회복 가능성을 남겨 두는 쪽으로

이 방향이 바뀌면, 밤은 서서히 다시 안전한 시간이 된다.

이 장의 요점

불면증은 많은 경우 호전될 수 있다.

- 회복은 점진적으로 나타나고
- 작은 변화들이 먼저 시작되며
- 흔들림은 과정의 일부이고
- 대응하는 능력이 회복의 증거다.

완치는 완벽한 잠이 아니라, 잠이 흔들려도 삶이 무너지지 않는 상태다. 다음 장에서는 이 책의 후반부로 들어간다. 배우자와 가족은 어떻게 도울 수 있을까? 불면증을 겪는 사람 옆에서 무엇이 도움이 되고, 무엇이 상처가 되는지를 살펴볼 것이다.

15장에서 계속 …

15장

곁에 있는 사람은
어떻게 도울 수 있을까

불면증은 혼자만의 싸움처럼 느껴지기 쉽다. 그러나 실제로는, 그 곁에 있는 사람도 함께 밤을 겪는다. 옆에서 뒤척이는 소리를 듣고, 아침마다 지친 얼굴을 보고, 무엇이라도 해 주고 싶지만 방법을 몰라서 답답해한다.

사랑하는 사람이 잠을 못 자는 모습을 보는 것은, 그 자체로 큰 무력감을 만든다.

가장 흔한 실수: 해결하려 들기

가족이나 배우자가 가장 먼저 하게 되는 행동은 보통 이것이다.

"일찍 누워 봐."

"낮잠 자지 말랬잖아."

"커피 좀 끊어."

"운동 좀 해."

이 말들은 틀린 정보가 아닐 수 있다.

그러나 반복되면, 상대는 이렇게 느낄 수 있다.

나는 이미 충분히 노력하고 있는데, 또 지적받고 있다.

불면증이 있는 사람은 대부분 하루 종일 자기 수면을 평가하며 산다.

거기에 또 하나의 평가가 얹히면, 부담은 더 커진다.

공감이 먼저다

도움이 되는 출발점은 조언이 아니라 공감이다.

"그만큼 힘들다는 거지."

"밤마다 긴장되는 게 이해돼."

"내가 옆에 있어."

이 말들은 문제를 즉시 해결하지는 않는다.

그러나 고립감을 크게 낮춘다.

불면증에서 외로움은 각성을 키운다. 반대로, 이해받고 있다는 느낌은 몸을 조금 느슨하게 만든다.

"오늘은 얼마나 잤어?"라는 질문의 두 얼굴

아침마다 묻는 이 질문은, 관심의 표현일 수 있다. 하지만 매일 반복되면, 밤을 성적표처럼 만들기도 한다. 어떤 사람에게는 이런 방식이 더 도움이 된다.

- 잠 이야기보다 먼저 다른 주제로 대화하기
- 그날 하루를 어떻게 보낼지에 초점을 맞추기
- 수면을 하루의 전부로 만들지 않기

잠은 중요하지만, 삶 전체는 아니다.

곁에서 지켜 줄 수 있는 환경

말보다 행동이 도움이 되는 순간도 많다.

- 밤에 집 안 조명을 함께 낮추기
- 취침 전 소음을 줄이기

- 늦은 시간까지 화면 보는 습관을 같이 조정하기
- 아침에 함께 햇빛을 받으러 나가기

이런 변화는 "네가 고쳐야 해"가 아니라, "우리가 같이 해 보자"라는 메시지를 전달한다.

불안에 휩쓸리지 않는 역할

불면증이 있는 사람이 가장 두려워하는 것은 종종 이것이다.

"이렇게 사는 게 정상일까."
"다시는 예전처럼 못 자면 어떡하지."

이때 곁에 있는 사람이 함께 공포에 빠지면, 밤의 긴장은 더 커진다. 대신 이렇게 말해 줄 수 있다.

"지금 힘들지만, 이건 바뀔 수 있는 문제야."
"이미 노력하고 있고, 조금씩 나아지고 있어."

과장된 낙관도, 냉정한 거리두기도 아닌, 차분한 확신이 도움이 된다.

대신해 줄 수 없는 것들

~~~~~~~~~~~~~~~~~~~~~~~~~~~

사랑하는 마음이 커질수록, 대신 짊어지고 싶어진다. 병원 예약을 다해 주고, 생활 습관을 모두 통제하고, 수면 기록을 대신 관리하려 든다.

그러나 회복의 중심에는 결국 本人이 서야 한다.

곁에 있는 사람의 역할은 운전대가 아니라, 조수석에서 함께 가는 것이다.

지치지 않기 위해 필요한 것

~~~~~~~~~~~~~~~~~~~~~~~~~~~

돌보는 사람도 지친다. 밤마다 잠을 설친 사람 옆에 있으면, 자신도 피로해지고 예민해질 수 있다.

이때 중요한 것은, 나 역시 돌봄이 필요하다는 사실을 인정하는 것이다.

혼자 떠안지 말고,
필요하면 주변에 이야기하고,
잠시 거리를 두어 숨을 고르는 것도 죄책감 가질 일은 아니다.

이 장의 요점

~~~~~~~~~~~~~~~~~~~~~~~~~~~~~~~~~

불면증을 겪는 사람 곁에서 할 수 있는 가장 중요한 일은,

- 고치려 들기보다 이해하려는 태도
- 조언보다 공감
- 통제보다 동행
- 공포 대신 차분한 신뢰

잠은 혼자 자지만, 회복은 혼자 하지 않아도 된다. 다음 장에서는 책의 마지막을 향해 간다. 이제 무엇부터 시작하면 좋을까? 이 책을 덮고 나서 실제로 첫걸음을 떼는 방법을 정리할 것이다.

16장에서 계속 …

16장

제 무엇부터 시작하면 좋을까

불면증에 대해 많은 이야기를 했다.

뇌의 각성 시스템,
침대와 조건화된 연결,
생각의 역할,
생활 습관,
약물의 위치,
회복의 과정.

이쯤 되면 이런 느낌이 들 수도 있다.

"할 게 너무 많다."
"도대체 뭐부터 바꿔야 하지?"

이 장의 목적은 단 하나다. 당장 오늘 밤부터 시작할 수 있는 것들을 정리하는 것. 완벽하게 하려 하지 않아도 된다. 불면증 회복은 올바른 방향으로 조금씩 움직이는 일이다.

모든 것을 동시에 바꾸려 하지 말 것

불면증이 오래된 사람일수록 조급해진다.

하루라도 빨리 고치고 싶다. 그래서 모든 규칙을 한꺼번에 적용하려 한다. 하지만 이것은 종종 실패를 부른다. 수면은 훈련이지만, 벌칙이 아니다. 처음에는 두세 가지만 선택하는 편이 낫다.

- 기상 시간을 고정하기
- 낮잠 줄이기
- 침대에서 깨어 있으면 나오기

이 세 가지만으로도 밤의 구조는 움직이기 시작한다.

1단계: 아침부터 고정하라

많은 사람들이 밤부터 바꾸려 한다.

그러나 내부 시계를 가장 강하게 움직이는 것은 아침이다.

매일 비슷한 시간에 일어나고,

일어나자마자 밝은 빛을 받고,

가능하면 몸을 조금 움직인다.

전날 밤을 얼마나 잤든,

아침 기상 시간은 지킨다.

이 하나만으로도 리듬이 다시 잡히기 시작한다.

2단계: 침대를 다시 잠의 장소로 만들기

침대에서 오래 깨어 있는 습관은 불면증의 연료다.

잠이 오지 않는데도 버티며 누워 있지 않는다.

졸림이 사라지고,

계산이 시작되고,

긴장이 올라오면 잠시 나온다.

그리고 다시 졸릴 때 들어간다.

이 단순한 규칙이 뇌의 학습을 바꾼다.

3단계: 낮의 졸림을 모아 두기

밤에 자려면, 낮에 졸릴 수 있어야 한다.

낮잠은 최대한 줄인다.
카페인은 오후 늦게 피한다.
햇빛을 받고 몸을 움직인다.

이것들은 밤의 수면 압력을 다시 쌓는 재료들이다.

4단계: 생각을 밤에서 낮으로 옮기기

침대는 문제 해결의 장소가 아니다.

내일 걱정, 일정 계산, 실패 예측은
낮에 따로 시간을 정해 다룬다.

밤에 떠오르면 이렇게 말해 준다.

"이건 지금 풀 문제가 아니다."
"내일 다룰 수 있다."

그리고 다시 몸의 감각으로 돌아온다.

5단계: 완벽한 밤을 목표로 삼지 않기

불면증에서 가장 위험한 목표는 이것이다.
오늘은 꼭 잘 자야 한다.
이 생각은 밤을 시험으로 만든다.
대신 이렇게 바꾼다.

"오늘 밤은 몸을 쉬게 해 주겠다."
"잠이 오면 좋고, 아니어도 괜찮다."

이 태도 변화는 생각보다 강력하다.

흔들리는 밤을 위한 비상 계획

어느 날은 다시 잠이 나빠질 수 있다.
그때 미리 준비해 둔 문장이 도움이 된다.

- "이건 지나가는 파동이다."
- "나는 다시 리듬을 찾을 수 있다."

– "예전에도 회복한 적이 있다."

그리고 기본으로 돌아간다.

> 기상 시간.
>
> 낮잠 제한.
>
> 침대 규칙.

이 세 가지는 언제나 기준점이다.

이 장의 요점

이 책을 덮고 나서 가장 먼저 할 일은,

– 모든 걸 동시에 바꾸려 하지 말고
– 아침 기상 시간을 고정하고
– 침대에서 깨어 있으면 나오고
– 낮잠과 카페인을 조정하고
– 밤의 생각을 낮으로 옮기며
– 완벽한 잠을 목표로 삼지 않는 것.

불면증 회복은 의지 싸움이 아니다. 방향 싸움이다. 조금씩, 그러나 같은 방향으로. 이제 마지막 장으로 간다. 다음 장에서는 이 책의 에필로그이자 헌사에 해당하는 이야기를 한다.

이 책을 아내에게.
그리고 모든 밤을 견디고 있는 사람들에게.

17장에서 끝난다

17장

이 책을 아내에게,
그리고
모든 밤을 견디는 사람들에게

이 책은 지식으로 시작했지만, 사실은 한 사람을 떠올리며 쓰였다.

밤마다 조용히 뒤척이던 모습.
시계를 보지 않으려 애쓰던 눈길.
아침에 아무렇지 않은 척 일어나던 얼굴.

불면증은 늘 그렇게 드러나지 않는다.
겉으로는 일상을 유지하고, 속으로는 밤마다 싸운다.

이 책이 그런 싸움을 조금이라도 덜 외롭게 만들 수 있다면, 그것만으로도 충분하다고 생각했다.

당신이 약한 것이 아니다

잠을 못 자는 사람들은 종종 스스로를 탓한다.

"내가 예민해서 그래."
"의지가 약해서 그런 거야."
"왜 나만 이럴까."

그러나 불면증은 성격의 결함이 아니다.

그것은 뇌가 오랫동안 배워 온 패턴이고, 몸이 위험을 과잉 감지하도록 훈련된 결과다.

배운 것은 다시 배울 수 있다.

이 말은 희망 섞인 위로가 아니라,
수많은 연구와 임상 경험이 뒷받침하는 사실이다.

혼자서 버티지 않아도 된다

이 책을 읽는 당신이 지금 이 문장에 와 있다면, 이미 오래 버텨 온 사람일 가능성이 크다.

인터넷을 뒤지고,

방법을 시도하고,

실망하고,

다시 시도하고.

그 자체로 대단한 일이다. 그러나 불면증은 혼자만의 의지로 해결해야 하는 숙제가 아니다. 도움을 구하는 것은 패배가 아니다. 방향을 바꾸는 용기다.

병원을 찾는 일,

상담을 받는 일,

가족에게 솔직히 말하는 일.

그 모든 것이 회복의 일부다.

잘 자는 날보다 중요한 것

회복의 기준은 완벽한 밤이 아니다.
중요한 변화는 이런 것이다.

- 못 잔 밤이 와도 무너지지 않는다
- 다시 돌아갈 수 있는 길을 안다

- 밤이 인생 전체를 지배하지 않는다
- 침대가 예전만큼 무섭지 않다

이 상태에 가까워지고 있다면, 당신은 이미 회복 중이다.

아주 제대로.

다시 흔들릴 날을 위해 남겨 두는 말

앞으로도 살다 보면, 스트레스가 커지는 시기와 예상치 못한 일들은 반드시 온다. 그때 잠이 다시 예민해질 수도 있다. 그 순간을 위해 이 문장을 남긴다.

이건 다시 고장 난 게 아니다.
몸이 반응하는 방식일 뿐이다.
나는 이 길을 이미 한 번 지나왔다.
그리고 다시 기본으로 돌아가면 된다.

아침 기상 시간.

침대 규칙.

낮의 빛과 움직임.

밤의 생각 다루기.

이 네 가지는 언제나 당신 편이다.

마지막으로, 아내에게
당신에게 이 말을 꼭 남기고 싶었다.

당신은 약하지 않다.
당신의 밤은 실패가 아니다.
당신의 몸은 고장 나 있지 않다.

나는 옆에서 같이 걷고 있다.
앞서 끌지도 않고,
뒤에서 재촉하지도 않으면서.
그저 같은 속도로.

이 책을 덮으며

~~~~~~

이 책이 약속할 수 있는 것은 하나다.

오늘 밤 당장 완벽해지지는 않을 수도 있다.
그러나 방향은 바꿀 수 있다.
그리고 방향이 바뀌면,
밤은 반드시 조금씩 달라진다.

지금 이 순간에도,

수많은 사람들이 같은 밤을 건너고 있다.

당신은 혼자가 아니다.

그리고 이 싸움은,

끝이 있다.

끝.

잠들지 못하는 밤에게

1판 1쇄 발행 2026년 3월 20일
지은이 장기표

편집 이승빈
펴낸곳 (주)하움출판사 **펴낸이** 문현광

이메일 haum1000@naver.com **홈페이지** haum.kr
블로그 blog.naver.com/haum1000 **인스타** @haum1007

ISBN 979-11-7374-361-0(03810)

좋은 책을 만들겠습니다.
하움출판사는 독자 여러분의 의견에 항상 귀 기울이고 있습니다.
파본은 구입처에서 교환해 드립니다.